Le moindre mal

François Bégaudeau

Le moindre mal

raconter la vie

SEUIL

Collection dirigée
par Pierre Rosanvallon
et Pauline Peretz

ISBN : 978-2-37021-004-3

I

Nul ne sait pourquoi c'est en Russie que partit Giuseppe Pacitti. Mais son idée on la devine : misère du Latium, montagne aride, terre ingrate, bouches à nourrir. En 1912 il descend du hameau de Picinisco vers la ville, prend sans doute un train, traverse quels pays ?, s'arrête à Moscou ?, travaille pour quel employeur ?, envoie de l'argent à quelle fréquence ?, meurt en 17.

Apprenant on ne sait comment le décès de son mari, Maria Pacitti ne se demande pas s'il est corrélé à la révolution bolchevique, mais où envoyer ses aînés sur lesquels désormais tout repose. La vallée ? Rome ? Turin ? La France ? Paris. Sa banlieue.

Par un réflexe qu'aucun imbécile ne songe encore à nommer communautariste, les premiers fils s'installent à Vitry-sur-Seine (94) où beaucoup d'Italiens ont posé leur valise depuis le début du siècle. Ils gagneront leur vie en animant des bals car la musique dit-on est universelle.

Débarquant en 1922 avec sa mère, le cadet Pasquale ne jouera pas de l'accordéon mais de la truelle, sur des chantiers autour de Paris. Des maisons, des immeubles, des hôtels, des hôpitaux. Des endroits où héberger les gens.

À 40 ans il commence à perdre la vue. Une opération du nerf optique freinerait le processus, mais elle est risquée. Or, depuis son divorce d'avec Marguerite, Pasquale habite seul avec son aîné Joseph, il ne peut pas se permettre de devenir paralytique. Il deviendra aveugle, plutôt. Et Joseph arrêtera l'école à quinze ans pour devenir l'homme nourricier de la maisonnette en bois qu'ils habitent au fond du jardin d'une tante. D'abord maçon, puis conducteur de Fenwick pour les Nouvelles messageries de la presse parisienne. Trente ans l'un, dix ans l'autre. 1950-80, 1980-90.

Si d'aventure l'envie venait à Joseph de s'accorder un répit, une petite pause, un voyage tiens, l'invalidité de son père la balaierait comme une mouche incongrue. Il faut rester à ses côtés pour le soulager de son handicap. Quand Joseph et Mireille s'installent ensemble sitôt après leur mariage en juillet 69, il va de soi qu'il habitera avec eux. Dans la famille, c'est une manie, on prend soin des anciens.

Les premiers temps on est à l'étroit dans le deux-pièces de Villejuif (94). Mais Joseph, qui s'y connaît en maison, compte bien en construire une rien que pour lui. Rien que pour lui signifie : pour son épouse, ses deux fillettes, son père. Dans le quartier pavillonnaire de Morangis (91), ce sera parfait. Avec l'aide vaguement rémunérée d'un copain plâtrier, d'un copain électricien, d'un copain plombier, le chantier ira vite. En deux ans la maison pousse, prend forme, a de la gueule, tiendra debout foi de Joseph. Là-dedans, rien à craindre. Là-dedans, rien n'exclut de vivre heureux.

Un jour de décembre 91, Joseph quitte le bar de Villejuif où on le trouve souvent depuis un an, profitant du bon temps de sa jeune retraite. Il salue la compagnie, s'engage dans la rue, tombe. Le Samu dira : syncope. Le scanner dira : tumeur au cerveau. Le neurochirurgien dira : il lui reste un an. Joseph mourra un an plus tard dans une antenne de l'Institut Gustave-Roussy (94).

Pendant ses dernières semaines de combat vain, il bénéficie d'une hospitalisation à domicile, avec lit médicalisé et passages quotidiens d'infirmières, puis intègre les soins palliatifs où épouse et filles se rendent dès qu'elles peuvent. Sans vraiment le préméditer, l'aînée, Isabelle, prend l'habitude de précéder sa mère et sa sœur Sophie dans les couloirs de l'hôpital, l'ascenseur, la chambre. Le 13 décembre 92, elle est donc la première à trouver son père endormi. Quand elle l'embrasse, il ne réagit ni des yeux ni de la bouche dont ne sort aucun souffle. Le personnel soignant accouru confirme ce que l'adolescente a cru comprendre. Son diagnostic intuitif. À ce moment arrivent Mireille et sa fille cadette qui s'effondrent. Isabelle ne s'effondre pas. Elle ne le peut. Si toutes trois sont à terre, il ne restera plus personne pour les relever. Tenir debout est une sorte de mot d'ordre. Si Isabelle racontait cette période à quelqu'un qui aurait eu l'idée tordue de s'intéresser, elle dirait : mot d'ordre.

Peut-être que ce mot était écrit, comme on dit d'un destin. Ou d'un rôle. Jusque-là Isabelle a très bien rempli celui d'aînée. Responsable, exemplaire, appliquée, soigneuse. Dépositaire de la sécurité de sa petite sœur. Rentrant en CP, elle s'en est voulue de la laisser seule à la maternelle ; rentrant en Sixième, de la laisser seule en primaire.

L'année du décès paternel, elles sont respectivement en Seconde et Première au lycée Marguerite-Yourcenar, première femme à l'Académie française leur apprend-on. La cadette pleure souvent, l'aînée jamais. Il ne faut pas, donc l'idée ne lui en vient pas. Sauf seule dans sa chambre, quand elle est hors de vue, quand elle ne se doit plus à personne.

Depuis toute petite on lui dit qu'elle ressemble à son père ? Elle le remplacera. C'est le contenu de l'ordre, de la mission. Qu'elle soit impossible n'empêche pas de l'accepter.

Mais l'ordre de mission contient une autre suggestion, que pour le coup elle n'entend pas immédiatement. Pas dès le 13 décembre 92, dans la chambre du mort encore chaud. Il faudra du temps pour qu'elle remonte du ventre à la conscience. Il faudra une Première B, un bac sans conviction, trois mois de morne glande à Jussieu, l'abandon précoce d'un aventureux Deug de langues, la décision de trouver un truc qui lui plaise, et soudain cette évidence. Mais oui bien sûr, c'est ça qu'elle veut faire.

Les mois précédant sa dernière hospitalisation, Joseph passait ses journées au terrain de pétanque, où ça pointe un peu et cause beaucoup. Un soir, il est 20 heures, Mireille et les filles l'attendent toujours. Après une heure à faire comme si de rien, elles s'autorisent à s'inquiéter, puis à partir à sa recherche dans le centre de Villejuif. Elles le trouvent au PMU où l'apéro s'est prolongé, et doivent ruser avec son ivresse réfractaire pour le pousser dans la voiture. Mireille est en colère mais Isabelle gênée. Honteuse de jouer cette scène, et de l'état de son père qui à l'insu ou non de ses compagnons de bière s'est pissé dessus. Pourtant elle sait qu'il n'y est pour rien, qu'il n'est pas alcoolique, que c'est la maladie qui sans aucune adversité lui bousille lentement le cerveau.

Une fois elle a vu une infirmière lui enfoncer une sonde pour aspirer les sécrétions. D'évidence, ça le soulageait. Une reconnaissance muette pour cette femme sans nom a submergé Isabelle. Elle aurait aimé être à sa place, comme en salle de réanimation elle aurait aimé agir au lieu de rester interdite, inutile, devant la tête déformée et tuyautée de son père.

Avec la cruauté réglementaire de l'existence, il n'y a pas de position médiane. Il faut la fuir ou la prendre en main.

Elle la prendra en main. C'est ça qu'elle fera. À travers chaque patient, c'est son père un peu qu'elle soulagera.

Orientée dans le milieu hospitalier par une cousine secrétaire, elle s'inscrit au concours d'entrée en institut de formation en soins infirmiers. À l'oral on l'invite à traiter le sujet : comment intégrer la notion de dignité humaine dans votre vie quotidienne. Elle le traite.

Son rang parmi les 600 admis lui permet d'obtenir son premier vœu : l'IFSI qui dépend de l'hôpital Paul-Brousse, à Villejuif. Isabelle s'y plaît mieux qu'en fac et c'est peu dire. L'effectif de moins de cent élèves humanise les cours, et pour le coup elle a soif d'apprendre. Dans le domaine, tout l'intéresse. Faire une toilette, prendre une tension, bouger un hémiplégique, changer un pansement, poser une sonde naso-gastrique. Des gestes pour soigner et parfois guérir. Tout lui va, rien ne la rebute. La sensation inédite d'être à sa place lui fait tout drôle.

Les stages successifs l'aident à mieux circonscrire son lieu de plénitude.

Ce ne sera pas la psychiatrie, où elle n'apprend qu'à bien verrouiller la porte derrière elle et à ne jamais tourner le dos aux malades ; où le personnel majoritairement masculin et baraqué achève d'attester qu'ici on soigne moins qu'on n'encadre.

Le stage au service du bloc opératoire de Laennec crée une frustration d'une autre nature. Le corps ouvert des patients est une mine de connaissances, mais étonnamment l'anesthésie générale limite la communication avec le malade.

Au sein du service de médecine vasculaire de l'hôpital Broussais, il n'y a pas beaucoup plus d'échanges qu'au bloc, mais beaucoup plus de gestes. Les patients atteints d'ulcères et écorchés de plaies béantes sont une aubaine pour se perfectionner dans la manipulation des sets à pansements. De jour en jour, Isabelle élargit sa gamme : faire un tampon avec deux pinces, utiliser les antiseptiques et autres joyeusetés. Plus c'est technique, plus elle s'épanouit. Quelqu'un lui soufflerait qu'elle fait un boulot de technicienne, elle sourirait, flattée.

Au fil des années, elle se découvrira peu bavarde avec les patients. Les écoutera s'ils se confient, mais d'une oreille seulement, concentrée sur ses gestes, à rebours de certaines aides-soignantes douées pour alimenter la conversation mais plus lentes dans l'exécution des protocoles techniques. Isabelle pense qu'on fait bien ce métier si on a le sens des priorités. Les mains avant la bouche.

Poser des sondes urinaires, elle adore. Soin invasif très infectieux = beaucoup de précautions de stérilisation = belle panoplie de gestes à exécuter. Une fois enfilés les gants, il ne faut toucher que le matériel stérile extrait des sets à sondage. Tout doit être fait dans l'ordre, rigoureusement, soigneusement.

Piquer, elle adore aussi. Par goût, et parce qu'elle y

excelle. Une collègue ne trouve pas la veine ? Elle prend le relais et trouve. Elle trouve même avec les patients obèses, qui demandent qu'on s'y reprenne à deux fois, ce qui fait trois. Rater l'agace, mais rater dénote qu'il y a une marge de progression, et elle aime progresser. On peut toujours gagner en fluidité dans la répartition des tâches entre main droite et main gauche. Elle y travaille.

Lors de son passage en endocrinologie, elle aimera les injections d'antihormones de croissance, si onéreuses qu'il est bienvenu de les réussir du premier coup. Une fois la dose réglée, il faut piquer tout de suite car le produit cristallise vite. Or l'aiguille est grosse comme ça, on l'appelle le pieu. Intérêt à prendre son temps pour bien viser. Se tenir sur la crête entre diligence et prudence. C'est angoissant, c'est excitant.

Forgeron forgeant, Isabelle progresse en pratiquant. S'exerce en exerçant, en regardant les collègues plus expérimentées. L'expérience ne garantit pas un surcroît de sagesse mais de technique. Un jour elle en voit une s'y prendre différemment avec un cathéter : piquer la veine là où on la sent le mieux, connecter la tubulure de perfusion, mettre en route le goutte-à-goutte, monter lentement le cathéter en tirant sur la peau pour maintenir bien droit la veine, qui nierait que c'est plus efficace comme ça ?

Pour complément d'informations, il y a les questions aux médecins, le Vidal consulté en permanence, l'abonnement à Infirmière Magazine, tous bientôt supplantés par l'omniscient docteur Google. Une île aux trésors. Un paradis de mots grecs et latins et d'origine incontrôlée.

Dans l'océan des médicaments Isabelle nage, comme tout le monde, mais un peu moins que tout le monde parce que les molécules ça lui parle. En Seconde elle s'est prise de passion pour la chimie, s'est révélée dextre dans la manipulation des éprouvettes, s'est rêvée assistante en laboratoire. Ses moyennes en sciences physiques, reportées à la décimale près sur les bulletins trimestriels par des profs consciencieux, lui ont barré la route de la Première S et des grands chercheurs à seconder.

À moins de devenir elle-même chercheuse, du moins médecin. Elle s'est interdit de l'envisager. Pour une fille de maçon, infirmière c'est déjà bien.

En attendant les résultats de fin d'école, Isabelle travaille au centre d'accueil du Samu social de Paris (75), fréquenté par des toxicos en manque de méthadone et des clochards qu'une assistante sociale s'efforce de socialiser. Une grande majorité d'hommes, que contrebalancent à peine les jeunes Africaines mises à la rue pour une raison aussi obscure que leur destination lorsqu'elles repartent après trois jours de prise en charge.

Déclarée officiellement infirmière par l'institution, Isabelle brigue un poste dans l'Assistance publique, et obtient le Centre hospitalier de Chevilly-Larue (94) où travaille la fille d'une collègue d'un cousin. Établissement à but non lucratif, comme la Croix-Rouge, mais privé, comme la Croix-Rouge, et à ce titre plus flexible sur les horaires. Pour 9 000 francs mensuels, Isabelle se flexibilise comme elle peut, assurant des journées de douze heures, avec alternance trois jours travaillés/deux jours de repos. Un esprit pessimiste de 1997 annoncerait que l'hôpital public ne tardera plus à adopter ce système. Un esprit factuel de 2013 constaterait qu'il n'a pas tardé à l'adopter.

Isabelle évite l'hôpital de jour, où les infirmières préparent des opérations brèves et routinières. Elle veut plus dur. Elle veut des maladies graves nécessitant des soins profonds. En pneumologie elle va être servie. Beaucoup de cancers, beaucoup de patients trachéotomisés dont il faut changer la canule, c'est très technique, l'orifice pratiqué dans la trachée peut se refermer dans un spasme. Une vie entre ses mains. Elle est exactement où elle doit être.

En pneumo, un des gestes routiniers est de faire cracher les patients encombrés. Au moment de l'aspiration, des lunettes-masque ne sont pas de trop, mais le stock trop juste pour tout le personnel oblige souvent à faire sans. Une fois, le crachat d'un sexagénaire atteint d'un staphylocoque saute dans l'œil d'un aide-soignant. Une intervention rapide lui épargne une vie borgne.

Quasi paralysés, les patients en phase terminale de cancer doivent être bougés toutes les trois heures pour éviter les escarres formées par écrasement des tissus. La maladie alite et l'alitement rend malade. D'où la nécessité d'une surveillance accrue, que redoublent les sollicitations d'avant la nuit, quand les malades refusent de s'endormir par crainte de suffoquer en plein sommeil. Ça s'appelle une angoisse vespérale, du latin vesper, qui a donné vêpres, nom féminin pluriel, messe donnée le soir. Isabelle tâche que son calme soit communicatif.

Pour les cas désespérés, soigner se limite à prendre soin. Viser le moindre mal. Isabelle découvre que les médecins hésitent à prescrire la morphine, par peur de la dose létale. À la fin des années 90, cette pratique est peu maîtrisée et donc peu répandue. La sphère médicale commence à peine à intégrer la douleur, jusque-là laissée à sa solitude de martyr. On ne compte que quelques équipes mobiles de soins palliatifs, spécialisées dans les doses à administrer pour ne pas que les mourants souffrent en sus comme des chiens.

Un soir, abattu par une crise violente, un patient atteint du poumon souffle à Isabelle de faire quelque chose pour lui. Faites quelque chose pour moi, c'est ce qu'il dit, et cela s'entend. De l'interne de garde, avec qui elle a sympathisé, elle obtient la prescription de morphine qu'elle injecte elle-même. Le lendemain elle trouve, dans le tiroir de la table de nuit, un bracelet acheté par les enfants du malade à sa demande. Hier vous m'avez sauvé la vie, justifie-t-il. Isabelle est comblée et gênée.

Une autre fois, le chef du service décide le recours au cocktail. Dans le jargon corpo, le cocktail est une association de morphiniques et d'hypnotiques. C'est fort, dangereux, interdit, une infirmière peut refuser de l'administrer. Quand tout est perdu, on ne peut jamais être sûr qu'il n'y a plus rien à perdre. Mais comme le patient concerné a souvent dit faites-moi partir, l'équipe s'autorise ce risque.

Quel soignant prétendrait n'avoir jamais été irrité, ne serait-ce que dix secondes, de voir des vies absurdes s'accrocher ? Comme cette nonagénaire dont le corps n'était plus bon qu'à emmerder le monde en persistant. Jusqu'au jour où sa fille, qui habitant loin ne venait jamais, lui a rendu visite. Elle est repartie à 16 heures, à 16 h 30 la mère mourait.

Expirait.

Rendait son dernier souffle.

Un matin, Isabelle entre à la suite du médecin dans une chambre dont l'occupant inanimé ne tient qu'à un respirateur artificiel. Relisant ce moment précis à la lumière de la suite, Isabelle dirait que son chef avait une drôle de tête, qu'elle s'est doutée qu'il méditait un sale plan. La vérité est qu'elle n'a rien vu venir. La vérité est qu'elle est très surprise qu'il appuie sur off et sorte dans la foulée. Elle le rejoint dans le couloir, où il stipule à sa subordonnée de l'appeler dans vingt minutes pour constater le décès. Plantée là, Isabelle n'ose plus rentrer dans la chambre.

À travers le hublot elle regarde le malade s'agiter pour respirer par ses propres moyens, ce qu'il ne sait plus faire. Elle s'en veut de ne pas avoir réclamé qu'on lui donne un sédatif. Qu'au moins il ne se sente pas lutter. Elle attend qu'il s'immobilise, entre enfin, soupire, appelle pour faire constater le décès. Un vieux sans famille ni amis. À moins que les rares proches se soient dispensés de venir. Très entouré toute sa vie, le père d'Isabelle a reçu peu de visites de ses copains les derniers mois. La mort met peu de gens à l'aise.

Le lendemain elle parle de l'incident à la cadre de santé, qui promet d'organiser une réunion avec une psychologue autour de cette problématique. Une cadre de santé est une sorte de manager du service, c'est pourquoi elle ne dit pas problème mais problématique. Et comme elle est proactive et préconise de l'être, elle tiendra sa promesse. La réunion aura lieu un mois plus tard, ce sera l'occasion d'échanger sur cette problématique qui pose problème, mais sans le médecin débrancheur qui ne s'est pas inscrit.

Isabelle a toujours en tête d'intégrer un hôpital public d'Île-de-France. Un de ceux qui accueillent les cas les plus compliqués, les polypathologiques trop coûteux pour le privé.

Le temps d'un bref passage à la clinique du Bois-de-Verrière (92), où la patientèle est avant tout une clientèle – mais comment dissocier ? –, Isabelle entre dans le service de gériatrie de l'hôpital Charles-Foix (94) animé par l'éminent professeur Bouchon dont elle escompte apprendre beaucoup. Sur ce poste c'est surtout d'Étiennette qu'elle va apprendre. L'infirmière de 55 ans appelle la jeune nouvelle « mon petit », et c'est sans rapport avec les 160 cm d'Isabelle, 162 avec talons. En six mois elles ne se verront jamais en dehors et évoqueront à peine le suicide du fils d'Étiennette. Une pure amitié hospitalière. Dans un roman sur la Sécurité sociale, Balzac les aurait appelées sœurs de soins.

À Charles-Foix, l'état grabataire des patients exige une prise en charge médicale poussée. Isabelle se plaît bien. Les corps décharnés ne la rebutent pas. Il y a pire qu'un corps vieux, c'est un corps malade, quoique les deux aillent souvent de pair. Le dos nécrosé d'une sclérosée en plaques, tout noir, béant, os apparents, oui ça c'est pénible. Ou une plaie au ventre qui libère la puanteur en découvrant les viscères et nécessite un masque pour la panser.

La démence sénile crée des complications spécifiques. Par exemple le cerveau commande aux liquides une fausse route, ce qui complique sérieusement la déglutition. La sonde gastrique s'impose, voire un trou dans le ventre. Une décision aussi conséquente ne se prend pas sans le consentement du patient qui, étant dément, ne peut l'accorder. Une décision impossible à prendre sans lui se prend sans lui.

De ceux qui refusent de s'alimenter, comment croire que, conscients, ils accepteraient un appareil qui assure à leur place une fonction qu'ils refusent d'assurer dans un dernier sursaut de conscience ? Dans ce cas, à défaut de directive anticipée – personne n'anticipe ces situations –, on discute avec les proches, s'il en reste. La plupart se rendent à l'avis des médecins.

Ceux qui résistent ont sans doute déjà accepté l'issue. Une fois qu'elle survient, on les sent soulagés, mais Isabelle n'a jamais entendu les gens penser bon débarras.

Les patients sont en général adressés par des maisons de retraite. Une fois réhydratés et soignés, ils y retournent et y mourront. Ou reviennent pour une autre complication et finissent ici. Certains préfèrent cela à mourir seul.

Depuis toujours, le personnel constate une multiplication des décès autour de décembre et de mars. Une légende hospitalière lie le phénomène au cycle lunaire. La fréquentation de la science et de ses limites incline à prendre d'un peu moins haut l'irrationnel. Les Antillaises, nombreuses dans le personnel de Charles-Foix, ouvrent les fenêtres de la chambre d'un mort pour laisser partir son âme. C'est pas plus bête qu'autre chose. C'est pas plus bête que la raison. En la matière il n'y a aucun mode d'emploi, et l'école d'infirmière n'y prépare pas vraiment. Ou alors sous un angle pratique, comme les toilettes mortuaires, qu'on recommande de faire à deux, moins pour éviter le face-à-face avec le cadavre que pour faciliter cette manipulation très technique. Le corps flasque ne se tient plus, il faut tout faire à sa place, éviter une luxation de l'épaule et que la tête tape dans la barre du lit, ça ferait une plaie.

Avec les morts, Isabelle installe sans trop de mal une distance thérapeutique. Ayant eu son lot précoce de malheur hospitalier, elle n'a plus assez de larmes en stock pour en gratifier les défunts du service. Dans ces moments, ses pensées iraient plutôt aux proches. Ses pensées pratiques. D'abord les prévenir, quand cette corvée lui revient – on leur a demandé en amont s'ils veulent être appelés tout de suite en cas de décès la nuit ou qu'on attende le matin. Puis optimiser les minutes avant leur arrivée pour façonner un corps présentable : enlever les perfusions et les pansements, nettoyer sous le corps car il continue à se vider, toiletter l'ensemble, passer les vêtements de décès laissés par la famille au cas où.

Quand la mâchoire s'est raidie sur le dernier souffle, la bouche fermée à la main se rouvre systématiquement. Il faut ceindre la tête d'une bande. Le visage n'est plus reconnaissable mais c'est toujours mieux que la bouche ouverte, trop évocatrice de ce qui a eu lieu. À côté de ça, certains visages, rayonnants, ne nécessitent aucune retouche.

Au bout de trois ans, Isabelle n'a plus grand-chose à apprendre et donc s'ennuie. La rencontre fortuite d'une secrétaire de l'hôpital Henri-Mondor (94) la décide à postuler pour cet établissement réputé, où elle croisera peut-être l'éminent professeur Perlemuter.

En janvier 2002 elle en intègre le service d'endocrinologie. De la médecine de pointe. Pour se mettre à jour, elle consulte des bouquins sur les pathologies des surrénales ou les tumeurs hypophysaires pouvant provoquer une acromégalie. La base.

Ici, l'éducation du diabétique est du ressort des infirmières. Comme on est en grande banlieue, comme la semoule contient des féculents et les dattes des sucres rapides, 80 % des patients sont des Maghrébins. Les hommes parlent français, leurs femmes moins, certaines pas du tout. Souvent on sollicite Merzia, aide-soignante d'origine tunisienne, pour la traduction. Les infirmières profitent des réunions de staff pour signaler l'urgence de créer un poste d'interprète à plein-temps. Les responsables en prennent note, disent qu'un poste coûte cher, promettent de réfléchir à simplifier les supports imagés ou à multiplier les BD pédagogiques sur l'hygiène alimentaire requise par la maladie. Mais même avec toute cette panoplie, comment s'assurer que la patiente a bien compris ? Ces femmes se prendront mal en charge et aggraveront leur cas.

C'est comme ça.

Le mémoire de fin d'école d'Isabelle portait justement sur le conseil infirmier en diabétologie, suite à son stage au Kremlin-Bicêtre où elle avait découvert l'éducation thérapeutique. Sa conclusion, page 89, mettait en avant l'utilité de ce conseil, qui ne s'appelle pas consultation parce que la consultation est la prérogative du médecin.

Une infirmière ne prescrit pas. La prescription est la prérogative du médecin. Même si le médecin est en général humain et donc voué à l'erreur. Une fois, constatant qu'un cardiologue n'a pas represcrit un anticoagulant qu'elle croit nécessaire, Isabelle lui demande si c'est un arrêt définitif ou un oubli. Un arrêt, dit-il, et le soir venu elle constate que le médicament est à nouveau prescrit. Le médecin n'aurait jamais reconnu un oubli, a fortiori repéré par moins expert que lui. Il y a ceux qui savent et ceux qui ne savent pas, sinon où irait le monde ? Isabelle comprend vite qu'une discussion médicale d'égal à égal n'est pas envisageable.

Elle se contentera d'autres types d'échanges. Un jour elle refait un pansement en présence du médecin de service qui, devant la patiente sénile, commence à dire qu'un massage ferait du bien à son cou crispé par trois heures de bloc. Isabelle feint de n'avoir pas entendu. Comme il explicite sa proposition, elle confesse qu'elle n'excelle pas dans le domaine du massage. Pas grave, dit-il, l'important c'est de s'offrir un petit moment de détente. Tiens dans mon bureau ce sera parfait. Cette fois Isabelle s'est ressaisie. Mon truc, c'est plutôt les piqûres, dit-elle. Une piqûre dans le cou, ça vous dit ? Affaire classée, et entre eux une blague résiduelle : Alors Isabelle, ma petite piqûre c'est pour quand ? Une piqûre genre thaïlandaise, vous voyez ? Je vois bien, Docteur.

Ailleurs, avisant le paquet de Camel dans sa poche

supérieure de blouse, un chirurgien ORL glisse à Isabelle qu'au moins ça lui fait du relief à ce niveau-là. En langage carabin, ce niveau-là désigne le sein gauche. Elle répond qu'en effet ça pallie le déficit naturel. Elle s'apprête à ajouter qu'un autre paquet au sein droit lui ferait une poitrine équilibrée mais le voilà qui loue son bronzage en lui caressant l'avant-bras, dénude l'épaule pour voir si elle a des traces de maillot estival, relève une jambe de pantalon pour vérifier si c'est cuivré là aussi. Une sorte d'auscultation. Un réflexe professionnel. Les mots manquent à Isabelle. Encore une conversation avortée.

Dans la pratique il existe un diagnostic infirmier, lequel détermine la nature du soin infirmier à prodiguer. Le repérage d'une anxiété motive la mise en place de plages d'écoute ou de massages, un risque de constipation appelle des précautions spécifiques, etc. Autant de symptômes qui s'observent et s'analysent sans consulter le médecin. Au cas où l'initiative lui est rapportée, il valide sous réserve que son inférieure ne prétende pas établir un diagnostic, car le diagnostic est la prérogative du médecin.

Au fil des années, la pratique a fait jurisprudence, et certains actes médicaux sont passés dans le domaine de compétence des infirmières. Par exemple les gaz du sang, qui quantifient le taux d'oxygène. Comme les infirmières ne sont pas habilitées à piquer dans les artères, il a fallu que cette pratique se développe et que les médecins débordés souhaitent s'en décharger sur les infirmières dès lors habilitées à piquer dans les artères. Reste que la plupart des actes infirmiers ne sont pas actés. C'est-à-dire quantifiés. C'est-à-dire pris en compte dans la rémunération. Ils relèvent du zèle désintéressé et admirable. De l'immémorial esprit de sacrifice des femmes. C'est le passif bénévole d'une fonction pour laquelle les premières formations diplômantes datent des années 1940, pas avant. Jusqu'à récemment, le personnel soignant était essentiellement composé de bonnes sœurs. C'est resté dans la tête des gens. L'épicier a un crayon sur l'oreille et l'infirmière des cornettes.

Comme les nurses.

Nourrices, en français.

Peut-être que la représentation collective changera avec la hausse prévisible du nombre d'hommes dans les rangs infirmiers. L'enseignement et d'autres professions se sont déclassés en se féminisant; il est permis de parier sur le mouvement inverse dans les métiers du soin.

D'ici là les infirmières en grève continueront à écrire « ni bonnes ni connes ni nonnes » sur leurs banderoles. Et martèleront que leur métier n'est pas un sacerdoce mais un métier, avec des compétences, une expertise, des gestes quantifiables qui méritent salaire. Rétribuées en bonté divine, les bonnes sœurs ne comptent pas leurs efforts. Prosaïquement payée en euros, Isabelle les compte.

II

Nul ne sait pourquoi c'est en 1970 que mourut Alphonse Guichet. Mais la cause on la connaît : un cancer des os, qui laissa seule Madeleine. C'est le destin mathématique d'une conjugalité réussie. On est deux puis un. On est mariée puis veuve.

Madeleine Guichet est née Rubio. Au début du siècle son père Vincent est arrivé d'El Ferrol, village natif de Franco, sur une charrette tirée par des chiens. Avec sa main et son bras malformés de naissance, il n'a pu compter que sur les solidarités familiales. Depuis lors, les Rubio, c'est une manie, prennent soin des anciens. Après la mort d'Alphonse, les trois enfants de Madeleine décident de l'accueillir en alternance.

Après quelques mois à ce régime, la sexagénaire prend définitivement quartier chez sa fille Mireille, dont le pavillon de Morangis (91), construit de ses mains par Joseph son gendre, est assez grand pour héberger le couple, ses filles Isabelle et Sophie, le père aveugle de Joseph, et donc désormais Madeleine.

Ils ne seront plus que cinq après la mort de Joseph,

quatre après celle de son père tombé dans l'escalier, trois après l'emménagement d'Isabelle dans un deux-pièces à Chilly-Mazarin (91), au bord de l'autoroute A6.

Son accident cérébral de 2004 laisse à Madeleine des séquelles durables, et, disons-le, définitives : hémiplégie droite, aphasie complète. Après une hospitalisation à Longjumeau (91), elle est accueillie dans une maison de convalescence à Viry-Châtillon (91). Comme elle s'y sent malheureuse et abandonnée, ceci expliquant cela, le gynécée Pacitti décide de la ramener dans le pavillon de Morangis. Pour faciliter la tâche de l'infirmière qui suit son diabète, on l'installe dans la chambre du bas, celle du grand-père dont la cécité préférait s'épargner l'escalier – prudence à quoi une seule entorse lui fut fatale en 2003.

Avec le temps l'état de Madeleine ne s'améliore pas, stagne, empire. Isabelle passe la voir chaque soir après son service à Henri-Mondor. Quand la malade cesse de s'alimenter, Isabelle, qui connaît la musique, explique délicatement à ses mère et sœur que, dans ce genre de situation, ne plus manger signifie refuser de manger. Et qu'un refus de ce genre est peut-être le symptôme d'un refus plus radical, vous comprenez ?

Mère et sœur craignent de comprendre.

La sonde urinaire dont Madeleine est désormais équipée fonctionne mal. Isabelle, qui connaît la musique de la sonde, multiplie les visites pour s'en occuper. Assistance qui d'évidence soulage la malade. Elle, si avare de tendresse du temps de sa santé, agrippe systématiquement sa petite-fille quand elle amorce un départ. Madeleine est anxieuse. Madeleine veut sa fin et la craint. Chaque fois, Isabelle songe qu'elle ne peut pas la laisser comme ça seule sans issue, ni sa mère qui subit cette situation à plein-temps. Elle tâchera désormais d'étirer ses plages de présence, quitte à dormir sur place de temps en temps.

Un an se passe entre les patients de l'hôpital et une grand-mère dépendante. À aucun moment Isabelle ne se dit : étant infirmière j'ai ma dose, comptez pas sur moi. Elle se dit plutôt : étant infirmière je me dois d'être là, comptez sur moi. Et se le dira encore pendant les mois où il faudra soutenir sa mère ravagée par la mort de la sienne.

C'est pourtant au milieu de cette période de deuil impossible que l'envie lui prend de changer d'air. Elle se tâte, s'ausculte, conclut que oui c'est bien ça, changer d'air, littéralement. Seul un départ la libérera du scrupule qui la taraude immanquablement lorsqu'elle quitte sa mère pour rentrer à Chilly. Comme certains se font interdire l'entrée d'un casino, Isabelle va confier à la distance kilométrique la tâche de la guérir de la tentation d'aider.

Comme elle débute dans le sport de prendre soin de soi, elle va y aller doucement. Elle va choisir Figeac.

Figeac, sous-préfecture du Lot (46), 9 592 habitants au recensement de 1999, son musée Champollion, son jardin des écritures, est à 550 kilomètres de la banlieue sud parisienne, mais ses parents y ont retapé une maison où la famille passe ses étés depuis les années 1980. Ainsi elle s'éloigne du noyau et s'en rapproche. Une sorte de compromis entre vie d'avant et vie nouvelle, entre fidélité et défection. Et dans un premier temps la maison disponible lui économisera un loyer.

À la mi-décembre 2006, elle se gare à l'entrée de la petite ville figée par le froid. La route lui a donné faim. Elle achète un pain aux raisins qu'elle mange en regardant l'Église Saint-Sauveur.

Saint Sauveur est l'autre nom du Christ car Il nous a sauvés.

Une semaine plus tard elle a rendez-vous avec le directeur des soins du Centre hospitalier de Figeac. Il demande dans quel service dudit CHF elle aimerait bosser. La MAG, répond-elle sans hésiter. La MAG n'est pas la femelle du supplément week-end de Libération mais le service de médecine aiguë gériatrique, en voie d'installation pour désengorger le service de gastrologie où échouent pour l'instant les grabataires. On lui promet un poste pour début janvier.

Quelques jours avant sa prise de fonction, on l'informe que la MAG a pris du retard. En fait vous n'allez pas bosser là, Isabelle. Vous allez bosser à l'EHPAD. Désolée.

Isabelle voit bien de quoi la cadre de santé est en train de lui parler. Des Établissements d'Hébergement pour

Personnes Âgées Dépendantes, il y en a partout dans le pays, dont le système de santé performant offre une longue vie à ses nombreux vieux. Le commun les appelle maisons de retraite. Celle de Figeac est intégrée à l'ensemble hospitalier et bénéficie des interventions des médecins.

Isabelle ne cache pas sa déception. Le travail à l'EHPAD offre une gamme très réduite de soins infirmiers et d'actes médicaux. Préparer les piluliers et assister dans leur quotidien des personnes sans autonomie, ça va deux minutes. D'ailleurs on parle de résidents, non de patients. Capable d'arrogance, Isabelle dirait que c'est un boulot d'aide-soignante. Elle ne le dit pas. Juste elle se renfrogne.

La cadre la rassure : l'EHPAD de Figeac est un lieu de vie. Une animatrice à temps partiel programme des sorties, fait venir chaque jeudi un curé qui donne une messe, assure des séances de musicologie et de lectures de journaux à haute voix, et même un atelier parlotte où chacun s'exprime sur un sujet libre – guerre en Irak, propreté des plages, meilleure recette d'île flottante, Sardou père et fils. C'est bien, non ? Isabelle réprime une moue perplexe. Elle prendra son service, en attendant la MAG. Qu'elle attend encore.

Si elle racontait son passage à l'EHPAD – mais pour quelle oreille ? –, elle peu prodigue en formules se permettrait celle-ci : en quatre ans j'ai pris dix ans. Les résidents sollicitent le personnel en permanence. On passe l'essentiel de la journée à les soulever, tenir, porter, accompagner du lit au fauteuil, du fauteuil au lit, de la chambre à la salle à manger, de la télé aux sanitaires. En quatre ans Isabelle a pris dix ans et deux arrêts de travail pour lumbago. Fort heureusement, la nouvelle bonification indiciaire compense cette pénibilité avérée par un bonus mensuel de 46 euros.

C'est surtout la routine qui use. Les invariables vingt toilettes à faire par jour, les lubies implacablement ponctuelles des pensionnaires déments. Celui-là, on sait qu'avant chaque repas il se met à crier. Cet autre, qu'il va réclamer sa mère. Cet autre, qu'il passera la nuit à lâcher des ohé ohé sans être forcément fan de la Compagnie créole. Rien à faire. Certains ne répondent même pas aux molécules des anxiolytiques.

Trois infirmières pour 90 lits, c'est conforme au quota national d'un soignant pour trente, et peu conforme à l'extrême lourdeur de la prise en charge de ces pauvres vieux. Souvent le week-end elles ne sont que deux, ce qui augmente de 50 % les tâches et les déplacements. Surtout les déplacements. Isabelle a mal aux pieds. Isabelle, Florence, Christiane, Marie-Do, Virginie, Karine, Marie-Jo ont mal aux pieds.

Le girage, un système d'évaluation du niveau de dépendance de chaque résident, pourrait faire apparaître le besoin de renfort. En cochant des cases, on obtient un score de 1 à 4, ce qui établit un degré moyen de la charge et permet idéalement de budgéter un poste supplémentaire. La tentation est grande de grossir le girage, mais un médecin veille pour empêcher la gruge. Du coup on travaille à effectif constant ; à effectif constamment insuffisant. Dans le public la mode des créations de poste est en train de passer.

Peu de soignantes ont à faire beaucoup. Donc elles font vite. Expédient. Brusquent. Deviennent virulentes, parfois insultantes. À une qui réclame d'aller aux toilettes, on répond qu'elle n'a qu'à faire au lit, on viendra changer la couche. Exaspérée par une autre qui reste bouche close devant sa compote, la cuillère force l'entrée, heurte les lèvres, agresse la langue. Pas bien grave mais pas bien noble.

Consciente qu'à ce jeu on bascule vite dans la maltraitance, la hiérarchie organise des demi-journées de formation où les soignantes s'entendent rappeler qu'elles doivent prendre leur temps pour la toilette. Les intéressées font valoir que le temps est précisément ce qui manque. Le formateur invite alors à limiter les dégâts, c'est-à-dire ne pas basculer dans la maltraitance et la boucle est bouclée. De ces après-midi, Isabelle ressort frustrée et amère. En gros on lui a expliqué qu'elle n'agissait pas bien. Elle était au courant.

Entre-temps la MAG a ouvert, mais Isabelle n'y postule pas. Là aussi on travaille en sous-effectif et elle ne veut plus se péter le dos.

En 2010, un SSR est créé. Soins de Suite et de Réadaptation. La cadre conseille à Isabelle de sauter sur l'occasion, parce que avec la suppression de postes programmée, le quotidien à l'EHPAD va devenir infernal. Elle n'hésite pas longtemps. Direction le SSR, où la suivront six collègues de l'EHPAD qui n'y seront pas remplacées. Bon courage à celles qui restent.

Les patients, en moyenne très âgés, du SSR sont là, souvent suite à une chute, pour des prothèses définitives à la hanche, aux genoux. On n'est pas juste dans l'accompagnement de fin de vie, il y a un enjeu médical : que les soins postopératoires leur permettent de rentrer chez eux. Deux kinés assurent la rééducation, relayés par un ergothérapeute qui réapprend la dextérité à une personne mal remise d'un AVC, fait travailler un membre invalide, aide à réaménager un domicile selon les contraintes d'un handicap. Une psychologue à mi-temps échange avec les proches qui seraient dans le déni, ou rassurent les malades angoissés.

Dans cet organigramme de luxe, les infirmières ont moins de tâches et les remplissent mieux. Mais les contrats de six mois renouvelables ne seront pas renouvelés. Il faudra fonctionner sans ergothérapeute ni psychologue. Il faudra fonctionner moins bien.

Lançant le SSR en pionniers, les membres de l'équipe avaient convenu de mettre l'accent sur la qualité de l'accueil. La première année l'engagement a pu être tenu, puis deux postes ont été supprimés. L'accueil a été moins bon.

Supprimer n'est pas le mot. Une infirmière part du service et elle n'est pas remplacée. Non-remplacement est le mot. Est le mot-clé de la fonction publique des années 2000.

Puisqu'il serait incorrect de dire que le CHF manque de personnel, Isabelle ne le dit pas. Dans le service de chirurgie indifférenciée qu'elle intègre en janvier 2013, on compte deux infirmières pour 13 lits. Un calcul savant atteste que c'est supérieur au quota officiel de 1 pour 10. Moins incorrect est de dire qu'au gré des fusions le ratio est de plus en plus serré. Quand les services des trois chirurgies ne feront qu'un, on aura 4 infirmières pour 40 lits le matin, et 3 pour le même nombre de lits sur le créneau suivant – sachant qu'il y a moins de travail l'après-midi, sauf urgences.

L'urgence est le souci. L'urgence est le risque. D'un point de vue strictement comptable, le service public de santé du Lot assure ses missions. Le déficit de généralistes n'est pas plus grave que dans d'autres zones rurales, et le CHF absorbe à peu près les conséquences de la fermeture de l'hôpital de Gourdon et de la suppression de certains services dans celui de Saint-Céré. Mais cette nouvelle carte de l'offre de soins crée un afflux aux urgences, où les gens se précipitent à la moindre migraine, grippe, cheville foulée. On peut toujours les renvoyer, mais les renvoyer prend du temps, surtout s'ils s'énervent. Ils s'énervent souvent. Pas seulement les toxicos et les pochetrons. Aussi cette aide-soignante retraitée qui, lasse d'attendre, se lève, baisse sa culotte, clame qu'après 40 ans à nettoyer le cul des autres c'est aux autres de nettoyer le sien, s'accroupit, pisse devant le personnel médusé, amusé, usé. Aussi ce type qui appelle de Moscou pour avoir un avis car il a peu confiance dans la médecine russe, et qui s'irrite qu'un diagnostic soit impossible au téléphone. Aussi ces gens qui savent que la nuit est quand même moins engorgée et attendent 23 heures pour venir faire observer des ampoules aux pieds.

Sachant qu'on n'est jamais sûr que le petit bobo ne deviendra pas gros. Une adolescente entravée dans sa respiration commence à désaturer – déficit d'oxygène dans le sang. Il faut l'intuber, puis la sédater pour répondre à sa crise convulsive. Le médecin demande au Samu de Cahors qu'il vienne la chercher pour des examens neurologiques. Refus. L'état s'étant stabilisé, on attendra le lendemain. Du coup on la garde en observation pour la nuit, et toute l'équipe se mobilise pour la surveiller de crainte que son état ne se détériore. Or cette nuit-là du monde se présentera. Petits bobos potentiellement gros, renvois contestés, temps perdu, heurts, cris. On fera avec les moyens du bord.

À ce stade, parler de l'affaire d'octobre 2012 serait peut-être opportun. Peut-être pas. Il faudrait en parler à demi-mot, délicatement, techniquement.

Trois ans plus tôt, la maternité installée dans l'enceinte du Centre hospitalier a fermé ses portes. Sur les cinq sages-femmes, deux sont restées à Figeac, dans un Centre de Périnatalité de Proximité que ses intimes appellent CPP. Une salle d'échographie, un cabinet de consultation en gynécologie, deux téléphones. On y fait l'avant et l'après-accouchement, pas le pendant.

C'est que depuis 1997, la loi Kouchner, du nom d'un célèbre médecin sans frontières, impose la fermeture d'une maternité si elle pratique moins de 300 accouchements par an. En une décennie, une centaine ont disparu de la carte, dont celle de Figeac qui en pratiquait 250. Calculette en main, c'est 50 de moins que 300. Les mathématiques devraient mettre d'accord tout le monde. Ce n'est pas ce qui arrive. La logique comptable n'est hélas pas la seule. Il y a d'autres logiques qui font perdre un temps fou au pays dans sa marche vers la compétitivité et la régénérescence.

Engluée dans une logique archaïquement non comptable, la section syndicale de l'hôpital décide d'alerter les Figeacois sur l'insécurité médicale créée par cette nouvelle donne. 20 salariés sur 300 s'associent à la démarche, dont Isabelle, bien qu'elle doute de l'efficacité de ce genre de mouvement. La suite montrera qu'elle a raison. Non pas de participer mais de douter. Même informée par des tracts et du barouf, même alertée qu'une telle mesure en appelle d'autres – tiens, à Saint-Céré la fermeture du service chirurgie a suivi de près celle de la maternité, prenez-le comme un précédent –, la population locale ne saisit pas bien l'enjeu.

La mobilisation assez piteuse conforte la direction dans son indifférence. Au mieux elle renvoie les mécontents vers l'Agence Régionale de Santé (ARS), qui fera savoir par courrier recommandé que la décision est irrévocable. C'est comme ça, c'est les quotas. Faut faire avec. Faut faire sans, et c'est ce qu'on fait.

Jusqu'en 2012.

Jusqu'à l'affaire.

Le 19 octobre 2012, le gynécologue de Figeac reçoit madame Anne-Sophie Delestre qui vient de perdre les eaux. Il l'aiguille vers Brive, à une heure de route, plutôt que vers Decazeville, à une demi-heure. Après vingt minutes, son mari immobilise le véhicule sur la bande d'arrêt d'urgence, le bébé va venir, vient, meurt en quelques minutes.

L'affaire a comme on dit un retentissement national. La France a peur, la France tient à son exceptionnel quadrillage sanitaire. Au congrès de la Mutualité française, le président de la République en personne déclare qu'aucun Français ne doit habiter à plus de trente minutes d'un soin d'urgence. Chantal Dellac, déléguée CGT au CHF, note que, chaque année, une centaine de femmes accouchent à une heure de leur foyer. Si la maternité de Figeac avait encore existé, madame Delestre aurait été mieux prise en charge, et au besoin transférée vers Cahors ou Toulouse. Chantal a raison de le noter. Mais la première intéressée a aussi raison de rappeler que, né deux mois avant le terme, son bébé était de toute façon fragile.

L'affaire retombe. L'affaire a mis en lumière un problème, mais peut-être pas le problème.

Le problème est ailleurs. Il est à Paris, dans le VIIe arrondissement, quartier des ministères. Suite aux ordonnances de 2005 sur la nouvelle gouvernance hospitalière, et dans le cadre du Plan hôpital 2007, la ministre de la Santé Roselyne Bachelot met en place la Tarification à l'activité, dite TAA puis T2A, en hommage à Jean-Marie Messier, dit JMM puis J2M.

Si une révolution trace une ligne entre avant et après, la T2A en est une. Avant, l'enveloppe annuelle attribuée à un hôpital était calculée en fonction des coûts de l'exercice précédent : vous avez dépensé tant, donc vous avez besoin de tant, on vous les donne et n'en parlons plus. Après, le montant de l'enveloppe est indexé sur le nombre précis d'actes médicaux pratiqués. Ce que Wikipédia synthétise dans son style néoclassique : ce sont désormais les recettes des activités hospitalières qui déterminent les dépenses et non l'inverse.

Tout acte devra être mentionné, codifié : ça multiplie la paperasse mais rationalise la répartition budgétaire. Beaucoup d'établissements se retrouvent déficitaires, preuve que, sous le régime d'une comptabilité administrée, ils vivaient au-dessus de leurs moyens, que leurs moyens excédaient leur activité réelle. Soumis aux lois de l'offre et de la demande, l'hôpital se révèle un piètre commerçant. Pas l'habitude. Pas le tempérament. Pas la vocation.

En 2010, le CHF accuse un déficit de 114 000 euros, et de 439 000 euros en 2011. Le directeur de l'hôpital résume la situation sans chichis : on dépense plus qu'on ne gagne. Comme l'Éducation nationale. Ou l'assurance-maladie. Ou l'armée.

Ayant pris acte, l'ARS débloque quelques millions pour l'urgence, et exige en échange la mise en place d'un plan de retour à l'équilibre qui s'inscrira dans le cadre national du Plan de retour à l'équilibre.

Pour économiser, les stratégies abondent.

Stratégie numéro 1, la fusion. La rationalisation c'est souvent la fusion, car la fusion entraîne une compression euphémisée en restructuration. Les années 2010 ont consacré ce dernier terme : restructuration de l'usine PSA d'Aulnay, restructuration des hauts-fourneaux de Florange. Dans ce contexte lexical, l'ARS préconise un rapprochement sanitaire entre le CHF et la clinique privée posée sur l'autre rive du Célé. L'activité chirurgicale de la seconde est transférée vers le premier – et le SSR fera le chemin inverse. Désormais cinq chirurgiens du privé exerceront entre les murs de l'établissement public, s'ajoutant aux trois déjà dans la place. On avait 20 lits d'un côté et 30 de l'autre, dans le service fusionné on en aura 40. 10 de moins, mais cela correspond aux besoins. En l'occurrence, la compression collatérale à la fusion-restructuration est sans dommages. Ce n'est pas toujours le cas.

Stratégie numéro 2, multiplication. Multiplication des actes. Faire venir des chirurgiens élargit le spectre d'actes praticables. Ainsi l'arrivée d'un neurologue au CHF permettrait de ne pas refiler cette famille de cas à l'hôpital de Cahors. Étant entendu qu'on privilégie les actes qui rapportent le plus : chirurgie ambulatoire, imagerie coûteuse – coûteuse à la sécu qui rembourse l'hôpital –, maladies chroniques comme le diabète. Un diabétique est providentiel car il revient souvent. Un diabétique présente la garantie lucrative d'un abonné.

Inversement, la psychiatrie ne rapporte rien. La psychiatrie c'est beaucoup de discussions et pas d'actes codifiables. Une heure à parler avec un schizophrène, ça ne coche aucune case. Un peu comme si vous n'aviez rien fait. D'un coup vous passez pour un employé de la Poste dans un sketch de Dany Boon.

Les vieux aussi coûtent cher. Les vieux bouffent une énergie et un temps dont on ne saurait tenir la comptabilité. Faire pisser n'est pas un acte. Rationnellement parlant, il faudrait fermer les services qui les accueillent. Ça tomberait mal puisque c'est là que les besoins augmentent d'année en année, et la tendance ne s'inversera pas au printemps prochain. Les gens n'auront pas de sitôt la présence d'esprit républicaine de mourir à 56 ans.

Le manuel de gestion économe recommande particulièrement la compression directe de personnel, stratégie numéro 3. Cessons de nous raconter des histoires : chacun sait bien que le personnel est ce qui coûte le plus. D'ailleurs les entrepreneurs, forces vives du pays, parlent de coût du travail. Le salarié n'est pas une richesse, il est une charge. Il faut avoir le courage de s'en délester afin qu'il cesse de peser. Les salariés modernes savent que la flexibilité est une qualité au moins aussi estimable que la politesse et la laïcité.

Jusqu'aux années 2000, les infirmières de l'hôpital public étaient de l'équipe du matin, du soir, ou de nuit. Durant ses premières années dans le métier, Isabelle a connu des répartitions de service stables : matin ou soir, jamais les deux en alternance. Sauf lors de ses passages dans le privé, où les deux-huit sont la norme.

Puisque décidément le privé est à l'avant-garde des nécessaires réformes structurelles de notre pays conservateur, le public a fini par adopter le système des deux-huit. On y gagne en souplesse dans les remplacements au pied levé. Quand une infirmière du matin se fait porter pâle, c'est délicat de solliciter une infirmière de l'après-midi, mais moins délicat si d'ordinaire elle alterne entre le matin et l'après-midi. Dès lors le taux de remplacement est meilleur, l'hôpital tourne aussi bien qu'une usine à plein régime.

Certaines études font apparaître que les travailleurs soumis à des horaires irréguliers développent des perturbations métaboliques et hormonales. Par exemple des dysfonctionnements dans la sécrétion d'insuline. Il est donc heureux que ce système s'applique aux infirmières, qui ont sur place de quoi se soigner vite et bien.

Dans le service de chirurgie indifférenciée, les roulements tendent autant que possible au 50-50 entre matin (6 h-13 h 40) et soir (13 h-21 h). Privilège afférent : jamais quatre jours de suite, et seulement deux week-ends sur trois travaillés. Il arrive qu'Isabelle enchaîne deux soirs et un matin. Dans ce cas elle rentre à 22 heures et se contraint à se coucher de suite – elle dit : de suite – pour engranger du sommeil avant de se lever à 5 heures. Encore excitée par la journée et décalée par les services des jours précédents, elle s'endort au mieux à 2 heures. Le lendemain elle se traîne, chaque geste est arraché. Nerfs et cartilages tendus. Les deux-huit façonnent des infirmières plus flexibles et plus raides ; les deux-huit permettent de mieux travailler moins bien.

En septembre 2012, la chasse au déficit amène la direction du CHF à envisager la suppression de douze postes d'aides-soignantes et d'infirmières. En langue officielle : le non-remplacement de douze emplois contractuels.

Il sera aussi demandé au personnel des services de gastro et de cardio de passer à des plages de douze heures, ce qui peut s'accompagner d'une perte de salaire. Par exemple pour un contractuel de nuit qui passe de jour, le manque à gagner sera de 300 € bruts par trimestre. À la fin du mois, un mouvement de grève est lancé, suivi par 70 salariés sur les 450 qu'abrite le centre.

Le corps médical doit le soin aux malades. En grève on ne suspend pas l'activité. En grève on travaille. On écrit INFIRMIÈRE GRÉVISTE sur la blouse et on profite des temps de pause pour rejoindre le petit campement dressé au milieu de la cour bétonnée. Après son service, Isabelle s'attarde au piquet avec la quinzaine de motivés-motivés, auxquels se greffent des conjoints, des parents, des retraités de l'hôpital. Les gens des cuisines apportent le café, la soupe. Ceux des ateliers viennent fumer deux minutes et causer. Les bleus et les blancs se parlent comme rarement. Les garçons et les filles.

Le groupe cristallisé par la lutte s'arrange pour qu'au moins trois personnes restent dormir, assurant la continuité du mouvement, de même qu'en temps normal on assure la continuité du service public.

Dans ce contexte, Isabelle discute pour la première fois avec les collègues bonjour bonjour, ceux avec qui d'ordinaire elle n'échange qu'un bonjour. On apprend à se connaître, on n'aurait pas cru, on ne se voyait pas comme ça. Des personnalités insoupçonnées se révèlent. Isabelle n'imaginait pas si désinhibées les trois aides-soignantes de l'EHPAD qui ont rejoint le mouvement. Elles, discrètes pendant le service, prennent crânement le micro et le tiennent. Isabelle aimerait avoir cette faculté. Sur les 28 jours du mouvement elle s'exprimera peu. Parler c'est pas trop son truc. Et parler d'elle n'en parlons pas.

Pourtant au piquet ça discute dans tous les sens. Des enjeux de la grève, de la stratégie idoine, du boulot, de l'hôpital, des malades, de tout, de rien. Des médecins très discrets depuis le lancement du mouvement. Très discrets et très impénétrables sur ce qu'ils pensent de la situation. Appelons ça le secret médical.

Pendant le service, c'est comme si rien n'avait lieu. Comme s'il n'y avait pas trois tentes et autant de banderoles visibles depuis les étages. Un jour d'octobre, un médecin du SSR demande à Isabelle si le mouvement va durer, puis revient aux dossiers du jour. Appelons ça la conscience professionnelle.

Les cadres de santé expriment officieusement leur solidarité. Bravo les filles, tenez le coup. Mais ne participent pas. Elles ne peuvent se le permettre ou ne se le permettent pas. La cadre de santé fait de la ressource humaine, en cela elle a vocation à concilier et non à diviser.

Des citoyens du coin font parfois un crochet amical par l'hôpital, certains nantis de la bûche comiquement demandée par les grévistes bien décidés à passer l'hiver.

La pétition présentée à l'entrée des magasins et des grandes surfaces recueille 9000 signatures. Une AG est organisée sous la halle de Figeac. Les passants s'arrêtent, écoutent, applaudissent. Même dans un fief de droite ils applaudiraient.

Au bout d'une semaine, des représentants sont reçus par le directeur des soins et le directeur tout court. Qui répètent aux délégués ce qu'ils s'obstinent à ne pas comprendre. L'hôpital est gravement déficitaire, l'ARS exige un rééquilibrage qui passe par certaines restructurations. Sinon l'établissement sera mis sous tutelle, c'est ça ce que vous voulez ?

Ce n'est pas ce qu'ils veulent. Ils veulent négocier et le directeur répète qu'il n'y a rien à négocier. Fin de la conversation.

Dix jours plus tard tous les grévistes débarquent dans la grande salle où le directeur n'attendait que les représentants. Hors de question de discuter dans ces conditions : il se dirige vers la sortie, que bloquent les intrus. Pas mécontent de reprendre du service, un syndicaliste à la retraite appelle les flics pour leur signaler que le directeur du CHF est pris en otage. Un RG accourt pour mesurer l'étendue du bordel. Puis rentre faire ce que les terrifiants kidnappeurs attendent de lui : prévenir en haut lieu. La séquestration n'a duré qu'une demi-heure mais désormais le ministère est au courant.

Le ministère trouve que ce désordre fait un peu désordre. Il charge l'ARS de convoquer au plus vite la direction de l'hôpital et les représentants des grévistes.

On loue un car pour être un maximum à Toulouse à faire du bruit sous les fenêtres de l'ARS pendant la confrontation. Sur place les accueillent des camarades du CHU de Toulouse et deux fourgons de police.

À la sortie, la délégation annonce que les deux parties se sont entendues sur un moratoire. L'ont-ils demandé, leur a-t-on proposé ? Isabelle ne pige pas bien. Toujours est-il que le passage aux douze heures et les suppressions de postes seront rediscutés dans cinq mois. Les passagers du car retour décident unanimement de lever le piquet. De toute façon on n'aura pas mieux. La réforme est fatale. Tout ce qu'on peut espérer c'est du temps.

Le moratoire, ou faut-il dire le sursis, va durer dix mois.

En mai 2013, la direction propose aux aides-soignantes et infirmières de chirurgie de se prononcer par vote, séparément, sur le passage aux douze heures. Dans la semaine qui précède le scrutin interne, chacune se fait une opinion. Il y en a que ça arrange, d'autres non. Les mères, nombreuses, ne peuvent pas se permettre douze heures de suite, à moins d'avoir quelqu'un pour déposer et reprendre les enfants à l'école. Cela dit la majorité est à temps partiel. Sur les 17 filles de chirurgie, 10 sont à 80 % ; 2 à 50 %. La plupart pour s'occuper des gosses, d'autres pour ménager leur peine, à supposer que le salaire d'un mari leur autorise ce luxe de pauvre.

Sans enfants, Isabelle ne verrait pas d'un si mauvais œil le nouveau dispositif horaire. Et puis elle se taperait moins d'allers-retours entre Gramat et Figeac. N'écoutant qu'elle, elle voterait pour ; s'écoutant peu, elle s'abstient. De toute façon elle se sentirait mal de s'exprimer sur l'organisation d'un service qu'elle quittera bientôt.

Dans l'air flotte quand même un fumet de fausse démocratie. De choix induit. Les nouveaux roulements deux-huit proposés rendent presque désirables les douze heures. Des séries quatre soirs-un repos-quatre soirs très pénibles, surtout pour une salariée à temps plein. La direction admettrait-elle qu'elle a adopté la pernicieuse stratégie du choix entre le pire et le moins pire ? Nous l'ignorons. Nous devrions lui demander sa version des faits.

Le verdict des urnes tombe. Sur la foi du dépouillement, les aides-soignantes passeront aux douze heures, pas les infirmières. Un bon esprit dirait que chaque catégorie a le régime qu'elle s'est choisi. Un mauvais esprit dirait que le vote des unes crée un précédent pour les autres. Bientôt les infirmières seront à nouveau consultées et finiront par consentir aux douze heures. Finiront par se rendre à la raison.

III

Le 11 juin 2013 à 7 heures commence une journée. C'en est une parmi les 365 que compte l'année. La plupart sont travaillées. La plupart des matins on dort moins qu'on voudrait. Alentour il y a des ânes et des moutons mais pas de coq, Isabelle s'est réveillée avec le chant de son Smartphone. Elle a déjeuné, s'est douchée, a fait du ménage, regardé ses mails, répondu à l'un, verni ses ongles d'orteils en rouge, le temps a filé, il est déjà midi, et 12 h 34 quand elle quitte sa maison remboursable en quinze ans achetée au rabais à un couple plus pressé de divorcer que de négocier. Il fait chaud dans la 206 diesel grise qu'elle oriente sur l'étroite route bosselée de Gramat dont elle contourne le centre vers la départementale 840. Un kilomètre plus tard, elle double un camping-car de marque Autostar conduit par une femme de son âge. La voie est libre. L'animateur du Jeu des 1 000 euros attend qu'on lui révèle le lieu de villégiature de Napoléon III et Eugénie. Connaître la réponse procure à Isabelle une satisfaction. Le mouton dessiné sur un panneau ne la fait pas ralentir. Le candidat sèche. Sur la route, rien ne prouve qu'on soit mardi. Elle traverse Issendolus aux volets fermés. Virant à gauche, elle ne pense pas je vire à gauche. Ses mains le pensent toutes seules. Longeant Rudelle, elle ne pense pas à son église fortifiée ni ne s'étonne qu'un écriteau signale un point de vente d'escargots. L'escargot peint était là hier, sera là demain. Elle ne connaît pas le compositeur d'opérette vénézuélien qui fait l'objet de la question banco. Elle traverse le bourg nommé Le Bourg. Le candidat trouve tout de suite. Une église romane est indiquée à droite qu'elle n'ira pas plus visiter que le village médiéval de Cardaillac indiqué à gauche. Applaudissements. Elle ralentit après le panneau invitant à lever le pied en lettres vertes, précédé d'un rappel du nombre d'accidents annuels dans cette descente. Le 13 heures de France Inter s'ouvre sur l'occupation de la place Taksim. À droite en hauteur il y a des vaches marron clair. Cette race a un nom. Après Camburat la route monte en lacets et adopte la même technique pour descendre jusqu'à Figeac. Tout de suite à l'entrée s'étale un parking public. Le personnel du Centre hospitalier ne dispose pas de places privées, à l'exception du directeur et de quelques cadres ou médecins. En période estivale il faut tourner longtemps avant d'en trouver une. En ce jour de juin c'est plus facile. Elle ne se met pas en retard. À 13 h 07 elle compose sans y penser le code 1456Y de l'entrée du personnel puis le code 2365B du vestiaire des infirmières, dont elle ressort changée en tunique et pantalon blancs, portable et paquet de Camel dans la poche supérieure à laquelle est cousu un badge PACITTI ISABELLE I.D.E. Le fantasme collectif n'a pas relevé que les infirmières diplômées d'État n'ont plus de blouse depuis vingt ans. S'interdire de se pencher était peu pratique. Cheveux fins relevés par une barrette, chewing-gum à la menthe, elle tape sans y penser le code 5639 en haut des marches et remonte le couloir de chirurgie ambulatoire où elle croise Evelyne. – T'as des places pour vendredi ? – Non et toi ? – Non plus. Elles rigolent. Jeu entre elles. À qui casera des malades dans le service de l'autre. Isabelle aimerait davantage de poches à sa tunique. Mais les poches on y fourre les mains qui en ressortent pleines de microbes. Une hygiène rigoureuse voudrait leur suppression. Par effet véranda il fait chaud dans le couloir vitré qui relie la chirurgie orthopédique et la chirurgie indifférenciée. Le poste de soins est vide. Vides les cinq chaises, nue la table, silencieuses les affiches de santé publique. Isabelle trouve les filles dans la salle de repos où un visiteur médical les régale de pizzas qu'elles découpent à même le carton. Elles sont six autour de la table qui écoutent l'homme corpulent et debout leur expliquer les avantages du modèle de colostomie dont il expose présentement un échantillon. – Ce qui est parfait ici, c'est le mix transparent-opaque. Le transparent permet de vérifier le contenu, l'opaque vous évite le désagrément de voir les selles moulées. – Isabelle tu veux une part ? – Oui merci. – Sauce piquante ?

– Non ça ira. – Il reste de la tomate-anchois aussi. – Non non la thon-olives m'ira très bien. – Alors Mesdames, vous en pensez quoi de ce nouveau modèle ? – Y a du Coca aussi – Quel modèle ? – La colo transparente-opaque. – Moi je trouve que c'est pas mal. – Passe une fourchette, please. – En plus je vous ai pas dit l'essentiel Mesdames : vous pouvez la mettre en boule ! – Je vois pas l'intérêt. – Non mais c'est pour vous dire comme c'est souple. – Vous suez beaucoup, monsieur Nougaro ! – Oui je suis en train de me liquéfier devant vous, ça doit être l'émotion, tant de jolies femmes d'un coup. – On n'est pas des mannequins, non plus ! – Parle pour toi. – Je voulais aussi vous montrer ceci, ça s'appelle Ceintura mio, une merveille. – Millau comme la ville ? – Non, mio. – Comme amore mio ! – Voilà, c'est de l'italien, ça veut dire la ceinture mienne, le but est que le patient s'approprie la poche, qu'elle devienne partie de son corps. – Normalement on devrait dire ceintura mia. – Faut qu'on attaque les pâtisseries, ça va être l'heure. – Ceintura c'est féminin, donc ça fait ceintura mia. – Mesdames, désolé de couper court à vos débats de haut vol, mais je vous propose plutôt de vous attacher cette poche à n'importe quel endroit, au poignet, au coude, n'importe où. C'est bon tout le monde en a une ? – Sur le nez on peut ? – Sur le nez si vous voulez ! Ça tient partout ! – Prenez ça pour vous éponger le front. Le Sopalin ça sert à tout. – Merci. Bon Mesdames vous m'avez compris, n'hésitez pas à proposer ce modèle à un patient qui a des selles lourdes. C'est un appareillage plus solide qui le rassure. – Quelqu'un prendra la tartelette à la fraise ? – Sinon je peux vous montrer la Ceintura magnum. – Magna. – Une poche avec contenance de trois litres qui laisse beaucoup de marge à un patient dans l'immobilité post-op. Sachant qu'on va pas se mentir, un litre c'est déjà très lourd, donc il vaut mieux vider avant que ce soit plein. – Qui veut du Fanta ? – Moi, je suis pas là pour vous dire prenez ce modèle, c'est pas du tout mon idée, simplement à Coloplast on regrette que l'hôpital soit en contrat exclusif avec un autre labo, notre avis c'est qu'il ne faut pas prendre le patient en otage en lui imposant une marque. Notre souci c'est d'abord le patient, OK Mesdames ? – Mais pour commander faut passer par la pharmacie de l'hôpital ? – Non, directement par moi, du coup. – Il reste un éclair au café. – Mets-le au frigo. – Et comme je vous aime bien et que je suis très gentil, je laisse à chacune un kit avec des échantillons de poches et un beau stylo Coloplast. Les six se lèvent pour débarrasser. La pendule au-dessus de l'évier indique 13 h 45, on a pris du retard, il va falloir expédier les transmissions orales. Au poste de soins, Isabelle retrouve l'équipe du matin : les infirmières Valérie, 45 ans, mariée deux fils, et Cathy, 30 ans, mère d'une petite fille ; les aides-soignantes Nathalie, 45 ans, mariée, trois enfants, et Morgane, 30 ans, en rupture de Pacs et aux prises avec le pansement collé pour rire dans ses cheveux par Séverine, 26 ans et deux mois de grossesse.

Aucune n'est noire ou arabe. Isabelle assimile les données importantes pour assurer la continuité des soins : anxiété d'un patient, douleur d'un autre non soulagée par un traitement antalgique, comportements alimentaires, informations périphériques. Sur les 13 lits du service, 10 sont occupés, et on attend deux retours de bloc. Le fait du matin : monsieur Berroche ne s'est toujours pas vidé. – Putain ça fait cinq jours ! – Et il continue à bouffer ! – On se demande où il case tout ça. – Quand tu tâtes son abdomen, tu sens que c'est bourré. – Comment veux-tu qu'il avale tous ces médocs ? ! On va vers l'occlusion intestinale, là. – Le médecin a dit qu'il peut boire. Bien que sceptique, Isabelle fera comme le médecin a dit. L'occupant de la chambre 7 est appelé le jeune car il a 24 ans. C'est un homme, donc il se prend des coups, donc il a une déviation de la cloison nasale. – Il arrive pas à passer sous 15 de tension, ça le stresse. Isabelle note. La semaine dernière, monsieur Dussout, chambre 5, s'est réveillé du bloc équipé d'une colostomie pas prévue. – Au début il a pas compris, c'est quand j'ai dit anus artificiel qu'il a flippé. – En plus sa femme l'a pas appelé depuis quatre jours. – Elle aurait pu attendre un peu avant de le plaquer. – Ça a pas l'air de le chagriner tant que ça. – Il dit qu'elle est dépressive depuis quinze ans. – Limite il est débarrassé. Mise en branle à 6 heures, l'équipe du matin lève le camp à 14 h 10. Isabelle laisse ses aides-soignantes, Élodie et Denise, à leur tournée de chambres. Elle doit rester au poste jongler entre les feuilles de prescriptions, le dossier de soins infirmiers, les dossiers individuels. Cet après-midi elle usera autant du crayon quatre couleurs que du tensiomètre. Pour cocher, corriger, informer, préciser. Il est 14 h 35. Une fois au clair sur les traitements à administrer, une fois les injectables estampillés au marqueur noir, elle dépose les perfusions sur le chariot de soins. Sans le penser elle sent qu'elle a chaud. Un brancardier informe qu'il vient de remonter du bloc une septo turbinectomie. La semaine dernière Isabelle a googlisé le mot, maintenant elle sait. En opérant, le chirurgien ORL a découvert un champignon dû à une mauvaise hygiène dentaire. Dans le dossier, une prescription de l'anesthésiste fait ciller Isabelle. Elle le joint au téléphone en passant par le poste central. Il rectifie : effectivement ce n'est pas 1 g/8 heures, mais 1 g/6 heures. En corrigeant sur la feuille elle se désole avec délectation – Ahlala j'te jure. Le patient concerné a été installé dans la 11. Septuagénaire et dans les vapes post-opératoires. – Vous avez envie de faire pipi ? – Oui c'est presque permanent depuis quelque temps. Elle va chercher le haricot pour qu'il crache, et l'urinal pour qu'il pisse. Le haricot est en forme de haricot, l'urinal en forme de pistolet. Isabelle demande à ce monsieur Pelous d'écarter les jambes afin qu'elle le lui glisse. Elle sort en se frottant les mains de solution hydro-alcoolique. Dans le couloir en lino vert elle renseigne un couple de vieux à la recherche du service de chirurgie viscérale. Puis consigne l'hypersudation de monsieur Pelous dans le dossier de soins. Traîne sur la table un tract annonçant le passage à Figeac des chanteurs de The Voice le 28 juin, dans la cour de l'ancien CES. À 14 h 45 elle commence sa tournée. Le chariot pourrait être plus léger. Un jour elle calculera sur combien de mètres elle le pousse en sept heures trente de service. Un nombre à trois chiffres, sans doute, et qu'elle réduit de quelques unités en déposant le pilulier de 18 heures dans chaque chambre dès la tournée de 14 heures. Ça économise des déplacements. Gérer son temps est important ; bien employer l'emploi du temps. Mal aux pieds quand même. Il y a les métiers debout et les métiers assis. Les debout font mal aux pieds, les assis au dos. Isabelle c'est les deux. Élodie rapporte que le 6 se plaint de douleurs. C'est à Isabelle qu'il revient d'injecter le Perfalgan, car une aide-soignante n'est pas habilitée à faire des perfusions. Elle prend la température, sert les repas, fait les lits et le ménage rapide. Ou du rangement, comme Denise aujourd'hui, réquisitionnée pour aménager un nouveau poste de soins en vue de la fusion des services. Le jeune a mal à la gorge et voudrait boire, mais n'y est pas autorisé avant 15 heures. Sa copine doit avoir la vingtaine aussi. Depuis son fauteuil en skaï gris elle regarde alternativement une rediffusion de Plus belle la vie sur France 4 et Isabelle scruter les fosses nasales au fond desquelles elle aperçoit les mèches posées pour absorber les sécrétions. – À combien vous évaluez la douleur ?

– 7 sur 10. Isabelle préfère le croire et anticiper le moment où elle devient si forte qu'on ne peut plus la soulager. Elle sort en se frottant les mains de solution hydro-alcoolique, revient avec de l'Acupan, dernier degré avant la morphine, l'administre, sort en se frottant les mains de solution hydro-alcoolique, pousse le chariot jusqu'à la 8 où somnole une trentenaire à qui on a retiré son anneau gastrique. Après discussion, Isabelle revient avec de la glace qu'elle applique sur l'épaule. – Pourquoi on vous l'a enlevé cet anneau ? – Il me faisait mal. – Vous avez quand même un peu perdu ? – Je suis passée de 115 à 80 kg en six mois. – Ah c'est bien. – Après j'ai repris 25 avec ma grossesse. Isabelle indique la meilleure position de bras pour la perfusion et se frotte les mains de solution hydro-alcoolique. Immobile dans le fauteuil de la 9, monsieur Berroche est chauve, décharné, yeux dans le vide, non réactif aux lavements depuis cinq jours. À l'EHPAD, son Parkinson s'est compliqué d'un Alzheimer. En lui prenant la tension Isabelle élève la voix. – Vous sentez que ça veut sortir, Monsieur Berroche ? Il lâche un son rauque interprétable comme un non. Elle précipite son geste de lui faire enfiler le haut de pyjama pour saisir le téléphone pro vibrant dans sa poche. L'interlocuteur s'est trompé de service. Sans le penser elle sent qu'il commence à faire très chaud. Chambre 10, mademoiselle Laplacette comate devant Les Anges de la téléréalité sur NRJ 12. Elle a 30 ans, des dreadlocks blondes, un kyste cervical opéré ce matin.

Visualiserait-on le Mano Vac qui repose sur son torse si un professionnel le définissait comme un réceptacle sous vide relié à la jugulaire par un tuyau en plastique qui récupère les écoulements de sang pour éviter l'hématome ? Parions là-dessus. Quatre filles en short font du shopping sous le soleil de Miami. La patiente vient de vomir, Isabelle nettoie et soupçonne une intolérance aux morphiniques. Point sur lequel elle consulterait bien le médecin mais l'après-midi les médecins sont absents. L'après-midi les soignantes tiennent la baraque. Si ça se dégrade Isabelle en appellera un. Dans la 5, monsieur Dussout maîtrise désormais son appareillage mais ses selles contrarient Isabelle : ce type de poche n'est pas fait pour les excréments liquides. Il n'a pas l'air de s'en inquiéter. Elle dissimule qu'elle le trouve bizarre. Est-ce parce qu'il n'a pas de nouvelles de sa femme ? Ou peur d'en avoir ? La semaine dernière il s'est plaint que le repas avait le goût de plastique, les soignantes lui ont dit qu'elles étaient bien placées pour savoir que non puisqu'elles mangent la même chose, mais rien à faire il insistait. Alors Virginie a eu l'idée de lui servir dans une assiette la bouffe en barquette, sans rien lui dire. Ça n'a pas loupé, le goût de plastique était parti. Dans la 4 s'ennuie madame Baquet, 82 ans et 20 jours de présence ici après son ablation de la vésicule biliaire. Elle a lu trois fois le TV Grandes Chaînes qui traîne sur la tablette, alors qu'elle n'a pas pris l'option télé, 3,70 euros par jour et 18 euros la semaine.

– Vous avez mangé ce midi ? – Le chaud passe pas. – Fallait prendre deux fois de l'entrée. – Je supporte pas la vinaigrette. – Fallait demander qu'on vous l'enlève. – Bah, on va pas faire de chichis. Isabelle arme son quatre couleurs, note, coche, rectifie. Un téléphone sonne dans le vide. Le brancardier signale l'installation de la cata en chambre 12. Pas la catastrophe, la cataracte. L'opération de la cataracte. Son heureux bénéficiaire est un sexagénaire dont l'équipe du matin a informé qu'à son arrivée il était pas très propre. Réveillé par la voix d'Isabelle, il n'ose croire qu'il est au paradis. A-t-il mérité ce jugement dernier favorable ? En attendant d'y voir plus clair, il l'écoute. Son œil droit est masqué d'un pansement et le dossier stipule que l'autre voit trouble. Sont aussi mentionnés un éthylisme chronique et un diabète qu'il est incapable de prendre en charge seul. Trois infirmières à domicile se relaient chaque jour pour le nourrir laver piquer, cette assistance étant intégralement remboursée et c'est bien la seule chose qui nous ferait devenir patriote. Sans surprise il a oublié ses doses d'insuline. Isabelle demande s'il a chaud et sans attendre la réponse soulève le drap, découvrant le moignon de la jambe gauche bouffée par le diabète. – Vous avez pas votre prothèse ? – Non. – Vous vous déplacez comment ? – Le mardi je regarde les députés à la télé. La raison de cette soudaine confidence échappe à Isabelle dont le téléphone pro vibre à nouveau. Le gastro-entérologue demande si monsieur Berroche a évacué. Toujours pas, dit-elle. En la croisant Élo signale que la 10 a encore vomi. Isabelle passera la voir. Pour l'instant elle prend des nouvelles de la 3, une octogénaire entrée pour une cure d'éventration. Les muscles qui soutiennent les viscères ont lâché, on les répare en les suturant. – Oh mais dites donc ça sent bon dans votre chambre madame Julie. – C'est les fleurs. – Qui c'est qui vous a offert ça ? – Ma fille. Je déteste cette odeul. – Bon ben on vous les enlèvera. – Merci bien. Ses r de sud-ouest sont des l. – Vous avez fait pipi ? – Y a lien qui vient. – Va encore falloir sonder alors. – Le docteul de Blive a dit que ma vessie est foutue. – Je repasse dans une heure. Isabelle se frotte les mains avec du produit hydro-alcoolique. Direction le poste pour préparer un antibiotique au jeune toujours stressé d'être hypertendu. Une discussion s'engage avec Sylvie, la cadre de santé, venue faire une photocopie. Isabelle s'inquiète de savoir si, avec la fusion, chaque service gardera un téléphone à soi. Le sien sonne. C'est une dame de Capdenac qui entre demain pour une otospongiose. Isabelle sait ce que c'est. Tout le monde ne sait pas ce que c'est. La future hospitalisée s'assure qu'elle aura une chambre seule. Isabelle confirme d'un coup d'œil sur le tableau d'occupation, et rappelle au passage que c'est 30 euros de plus. Il est 15 h 45, elle a le temps de s'en fumer une. Sur le chemin elle salue une femme nantie d'un badge d'une association catholique. Deux jours par semaine elle passe de chambre en chambre pour tenir compagnie aux malades. Ça lui tient compagnie.

Isabelle ouvre une porte coupe-feu qui donne sur l'escalier extérieur. Elle s'assoit sur la marche où la précédente fumeuse a laissé la coquille emplie de mégots, puis se rehausse de deux crans pour échapper au soleil brûlant pleine face. D'ici elle voit un bout de parking mais pas la chapelle des Carmes qui sert de débarras. Jadis l'hôpital était un couvent. À Figeac il reste le couvent des Carmélites qui héberge des nécessiteux et des pèlerins de Saint-Jacques de Compostelle puisque nous sommes sur la route. L'an dernier elle a soigné une sœur maigre et gentille. Isabelle aimerait être moins gentille et envoyer balader tous les – Isa y a le gastro qu'est là. Elle écrase sa moitié de clope en signe de bien reçu Élo. Au poste de soins le gastro-entérologue modifie ses prescriptions pour monsieur Berroche. Du Citrafleet à diluer dans un litre. – Il va encore boire alors ? – Oui. – Faudrait pas le mettre à jeun ? – Non, manger lui stimule les intestins. – D'accord. – De toute façon il doit avoir un tempérament de constipé chronique. À ce moment un observateur extérieur verrait un homme de 55 ans parler à une femme de 39 ans. Puis exposer une radio au néon du plafond. – Vous avez vu ce qu'il a dans le ventre ? Quand ça va couler, ça va être la débâcle. – À la ressortie il faudra lui prescrire des choses ? – À la ressortie du patient ou des selles ? Il repart en rigolant. Isabelle range le dossier qu'il a ouvert. Un médecin ne range pas les dossiers. Ni n'assure la tournée de soins de 16 heures, en commençant par la 7 où le jeune a toujours 15 de tension. Il craint le déméchage de demain soir. Pour la quatrième fois il demande si ça fait mal. Isabelle répond que oui un peu. Elle ne dira pas que c'est oui beaucoup, la tension risquerait de monter. Pieux mensonge. Quand un patient meurt, au téléphone on dit juste à la famille que son état s'est beaucoup aggravé. Histoire de les introduire doucement dans le drame. Dans la chambre contiguë, la kyste cervical a encore vomi. Sous le sigle M6 un jeune couple examine les poutres apparentes d'un salon retapé. En bas de l'écran est écrit Acheter sa maison, le rêve de toute une vie. Elle change le pansement imbibé de sang. Nettoyer, désinfecter, tamponner, scarifier. Élo transmet ce qu'on vient de lui annoncer : demain il faudra accueillir une opérée de chir' viscérale. Décision est prise d'annuler une cata pour libérer une place. Pendant qu'Élo remonte le lit de monsieur Berroche, Isabelle lui prend la main pour qu'il saisisse le verre de Citrafleet et le guide jusqu'à ses lèvres. Il boit par gorgées de bébé. – C'est pas bon ? – Bon. Elle ne sait jamais s'il répond ou ne fait que répéter la question. – Vous voulez aller dans le fauteuil ? – Fauteuil. Le téléphone pro sonne. Besoin de quelqu'un pour aider le brancardier. Élo y court. Seule, Isabelle doit renoncer à soulever puis porter monsieur Berroche jusqu'au fauteuil. Il est 16 h 20. – On boira l'autre moitié tout à l'heure avec le repas. – Repas. Quand Isabelle nettoie un homme qui a encore toute sa tête, elle le met à contribution pour qu'il s'occupe de son pénis, comme ça il n'y a pas de problème. Une fois un malade a dit non non faites-le vous-même. Monsieur Berroche ne le dira pas. En moyenne les patients sont assez patients, madame Julie l'est plus que la moyenne. Elle regarde passer les heures. Sagesse de vieux qui n'est pas un strict équivalent de la résignation. – J'vais vous faire le petit sondage, comme prévu. – Faut bien. – Ça vous dérange pas si y a un monsieur qui regarde ? – Bah on est toutes faites paleil hein. Isabelle rehausse le matelas, retire la barrière du lit, descend la couverture, demande de relever les fesses pour enlever la couche, nettoie le sexe, jette le papier dans un sac, nettoie avec un autre papier, enfile des gants stériles, prend la sonde, l'enfonce, attend vingt secondes – Je crois bien que la vessie est vide. – Ah bon ? – C'est un coup pour rien. – Tant pis. 16 h 32. Pic de chaleur. Au poste, Isabelle renseigne le dossier de transmissions ciblées. De retour de sa mission rangement, Denise la chambre sur toute cette paperasse. En 35 ans de service, elle a vu l'administratif prendre de plus en plus de place dans le boulot. Et puis l'ambiance générale s'est refroidie. Le personnel moins solidaire. Avant il y avait un esprit familial, avec des fêtes, des pots, des soirées pizzeria, maintenant on serait plutôt à se marcher dessus. Ça ne gêne pas une équipe de laisser une tâche inachevée à l'équipe suivante. Les malades aussi on y fait moins attention. Dans le temps, un opéré retrouvait ses vêtements sur un cintre, là on les bouchonne pour gagner du temps.

Ça tient à ce qu'on est moins pour plus de patients, mais pas seulement. Evelyne, 23 ans au compteur et oreille qui traîne, trouve que les malades sont aussi plus individualistes. Si y a moyen de passer avant un cas plus urgent, ils n'hésiteront pas. Par contre une super évolution c'est les instruments à usage unique. Bon ils ont fait ça pour compresser le personnel, parce que d'avoir à stériliser c'est des gestes en plus et donc des bras, mais au bout du compte ça représente un gain de temps et de sécurité pour tout le monde. Au loin, quelqu'un crache, tousse, recrache. Sans doute la 11. Ou une toux fantôme. Isabelle va voir. Le mois dernier Denise a entamé les démarches pour reconversion. À force de bouger les patients et de pousser les containers de bouffe, elle a chopé une tendinite calcifiante. Elle cherche un poste où elle n'aurait plus rien à porter. On lui a proposé la nuit, elle trouve que bof. On lui a proposé un poste d'animatrice à l'EHPAD, elle ne se sent pas capable. On lui a proposé de travailler en ambulatoire, elle dit qu'à partir de 11 heures c'est juste faire le ménage. Résultat, elle va tenter un bilan de compétences. Il paraît que c'est beaucoup de travail. Elle se demande si elle saura. De retour de la 11, Isabelle raconte que l'an dernier elle a été au bord d'en faire un aussi. Partie remise. Elle attend de voir l'évolution des conditions de travail. En tout cas en chir' elle a fait le tour, plus rien à apprendre. Denise dit pareil, et la cadre de santé la rappelle pour un rab de rangement. Du coup c'est à Isabelle qu'Élo demande de venir en 14 préparer un lit, à deux c'est plus pratique, comme à l'armée. 16 h 53. L'autre occupant de la chambre fait état de ses oreilles coincées. – Vous voulez dire bouchées ? – Oui c'est ça coincées. Puisqu'elle l'a sous la main, elle met Élo à contribution pour déplacer monsieur Berroche du lit au fauteuil. Au préalable elle regarde dans la couche. Toujours rien. Une fois debout le vieux commence à marcher à petits pas. Soutenu par les deux femmes, il parvient à dépasser le fauteuil. – C'est bien Monsieur Berroche. On va jusqu'au mur ? – Mur. En trois minutes et cinquante glissés de pantoufle, il atteint l'objectif. – On fait le retour ? – Tour. Élo double le carré du lit pour parer à une éventuelle évacuation. Dans le couloir, des jumelles cherchent leur mère qui a fait une chute à la maison de retraite. Trois coups de fil plus tard, Isabelle les oriente vers les urgences. La coursière vient de déposer la caisse à médicaments. Il y a deux livraisons par semaine, là c'est probablement celle du mardi. Isabelle vérifie boîte par boîte si le contenu correspond au listing de commandes. Élo part au bureau signer son renouvellement de contrat. Après l'angle du cabinet de la dermato, elle croisera monsieur Dussout promenant son désœuvrement et sa colostomie. La copine du jeune de la 7 demande s'il serait possible d'avoir un autre yaourt parce qu'il a très soif, là. Oui, un autre yaourt est possible. Isabelle en tire un du frigo de la salle de repos. Ça tousse encore dans la 11. Elle accourt pour faire cracher monsieur Pelous dont l'épouse demande si elle peut aider d'une manière ou d'une autre. Isabelle décline gentiment. Y a des infirmières pour ça. Dans son élan elle change les draps trempés de sueur. Elle lui montre son pilulier à diabète et propose qu'il ne prenne rien ce soir. Elle fera attention au protocole d'insuline. – C'est qui votre médecin traitant ? – Docteur H., de Boussac. – Il est bien ? – Quand il est là ! 17 h 23. Au loin chante une sirène de police sans rapport avec le retour d'Élo. Ça y est, elle a renouvelé son contrat jusqu'en septembre. Trois mois sûrs dans ce bahut, quel luxe, quelle stabilité professionnelle. Enfilant sa blouse apparaît le docteur Judor. Lui peut porter une blouse car son pantalon cache sa culotte quand il se penche. Il lance un salut jovial à Isabelle. À partir de ce moment, un observateur extérieur verrait une femme de 39 ans transmettre les informations importantes de l'après-midi à un homme de 55 ans. L'hôpital compte deux médecins femmes. Deux anesthésistes, dont une Bulgare. Pourquoi y a-t-il plus de femmes parmi les anesthésistes ? Est-ce une vue de l'esprit ? Une vue de la matière relève que le docteur Judor commence sa tournée à 18 h 01. Sortant de chaque chambre à sa suite, Isabelle se frotte les mains, pas lui. L'hygiène est l'affaire des infirmières. Ce sont elles qui mettent les mains, et les mains sont le premier vecteur de germes. Un médecin peut toucher un pansement puis traiter un autre patient mais il ne porte pas de virus. À Charles-Foix, Isabelle en a vu un exécuter un toucher rectal puis vaginal sans changer de gants. Mais on ne peut pas généraliser. On ne peut pas d'un individu tirer une généralité, ni d'une journée une éternité. Tous ne font pas leur tournée à la vitesse du docteur Judor qui à 18 h 03 tâte le ventre de monsieur Berroche endormi la bouche ouverte comme un mort. – Y a bien un moment où ça va sortir. Il échange trois phrases avec madame Aubenas, une de moins avec monsieur Dussout. Madame Baquet est aux toilettes quand il entre. Il lui parle à travers la porte. – C'est pas grave on fera un point demain. – Demain je ne suis plus là. – Voilà, on fait comme ça. À 18 h 07 il retire sa blouse et souhaite une bonne soirée à Isabelle qui peut commencer sa tournée à elle, moins courte, tandis qu'Élo sert les repas qui viennent d'arriver. Devant le jeu-karaoké de Nagui, mademoiselle Laplacette a revomi et s'inquiète de ne pas avoir vu le chirurgien depuis ce matin. Un peu perdu dans le couloir, un homme d'une cinquantaine d'années demande où il peut s'installer. Le docteur Bideau l'a envoyé ici en observation pour prévenir un risque de phlébite faciale. Effectivement le nez et son pourtour sont rouges et gonflés – Le médecin a dit que ça peut monter au cerveau et nécroser. – Il a dit nécroser ? – Oui, ça veut dire quoi ? Isabelle s'abstient de répondre et s'étonne qu'il ne soit pas d'abord passé par les urgences. Elle s'étonne moins de l'absence de prescription écrite. Les médecins n'aiment pas écrire, c'est pourquoi ils le font vite et mal. Un médecin qui écrirait bien n'aurait pas une écriture de médecin. Les infirmières doivent déchiffrer, comme fit Champollion avec la pierre de Rosette qu'on trouve reproduite dans le jardin des écritures. Les signes à même le sol. Isabelle appelle le bureau des admissions afin qu'ils impriment le nom de ce monsieur sur des étiquettes qu'Élo s'en va chercher tandis qu'elle prépare une perfusion dans la chambre libre où s'installe le nouveau venu qui est cuisinier à La Dînée du Viguier, restaurant gastronomique réputé pour son suprême de dos de canette en cocotte avec tatin de foie gras de canard aux pêches jaunes garni de légumes du moment et relevé d'un caramel de Banyuls. La semaine dernière son bouton sur le nez a commencé à gonfler. À la consultation on lui a dit que ce n'était rien. Comme ça gonflait encore, il y est retourné aujourd'hui et le voilà. La visiteuse catholique n'est plus à cet étage. L'odeur des barquettes disposées devant lui a réveillé monsieur Berroche dont Denise accompagne l'effort de cuillère. – C'est bon les épinards hein ? On vous biche ici ! – Biche. – Après y aura des fraises. Des fraises de mon jardin ! Clin d'œil farceur à Élo : en fait les fraises ne viennent pas de son jardin. À deux chambres de là, Isabelle fait manger le diabétique amputé. Aujourd'hui exceptionnellement, il n'a pas regardé les députés à la télé. Produit hydro-alcoolique. Elle rejoint les aides-soignantes dans la salle de repos. On se répartit les barquettes dont les malades n'ont pas voulu. Isabelle a le temps d'une bouchée avant de se relever pour suivre dans sa tournée le docteur Ramzy. Denise sort du frigo le reste des pizzas du visiteur médical. Elle en rigole encore. Le pauvre, chaque fois il les gâte alors qu'elles ne lui prennent jamais ses produits. Il peut toujours courir, la visiteuse du labo Dupieux est passée ce matin leur faire un petit topo, avec sous le bras des pâtisseries bien meilleures que celles de monsieur Coloplast. Elle a dû apprendre qu'il passait dans la journée et s'est arrangée pour lui faire la nique. Les épinards d'Isabelle refroidissent. Élo entame une part de lardons-oignons. Son bac sciences médico-sociales l'a dispensée de l'épreuve écrite du concours. L'oral portait sur l'obésité précoce. Comme contractuelle à plein-temps elle gagne 1 400 euros. Au départ – elle dit : de base –, son envie c'était plutôt auxiliaire-puéricultrice. Elle a raté le concours et s'est retrouvée aide-soignante, ce qui en gros revient à s'occuper des vieux. D'ailleurs là elle craint d'être affectée à l'EHPAD. Revenue pour croquer dans un bout de quatre-fromages, Isabelle repart suivre le docteur Mache. La visite ne durera pas longtemps. S'il l'étirait le médecin ne serait pas vraiment médecin. Et puis les chirurgiens n'ont pas à séduire une patientèle qui ne reviendra pas ; ou reviendra par nécessité, et non en souvenir de leur compétence attentionnée. En entamant le gâteau poire-chocolat de la visiteuse Dupieux, Denise dit qu'à cinq ans de la retraite elle gagne 1 900 euros en étant à 80 %. C'est peu par rapport au personnel de direction, dont six ont en plus une maison de fonction. Pas un logement, hein, une maison. Dans celle de l'ingénieur de l'hôpital, sur les hauteurs de Figeac, on pourrait vivre à quinze. Elle remplit le lave-vaisselle pendant qu'Élo débarrasse. Puis me tend la thermos qu'elle peine à dévisser. – J'ai besoin d'un homme fort ! Je n'y arrive pas, mais Isabelle empoigne la thermos et c'est bon on va pouvoir boire un café. Dans la foulée elle entame une part de chocolat-poire qu'elle finirait volontiers si le docteur Lavaine ne sollicitait un entretien avec elle. Ils s'assoient devant le dossier du nouveau venu. À ce moment, un observateur extérieur verrait un homme de 50 ans expliquer à une femme de 39 ans le principe de la phlébite faciale. – Ça peut grossir en œdème entre les yeux et là le risque de mort immédiate est de 100 %. Il prescrit de l'Orbénine, un antibiotique en injection, Isabelle devra descendre à la pharmacie en prendre. On donnera aussi de l'Oflocet perros qui après vérification s'écrit Oflocet per os. – Par contre le Lovenox je sais pas. Les anticoagulants c'est pas mon truc. Vous diriez quoi vous comme dose ? 0,7 ? Isabelle propose 0,6. – Allez on coupe la poire, 0,65. Pendant qu'il sort son portable pour s'informer, le docteur Debouse revient hilare de la chambre de la kyste cervical. – Vous entendez comme elle gerbe ? Et l'infirmière ne fait rien ! Isabelle proteste pour la forme. La blague a bien fait rire Lavaine qui coupe l'appel. – Bon Isabelle on avait tous les deux faux, c'est 0,8. Il renfile sa veste. Son infirmière demande des précisions sur la surveillance clinique. – Rien de spécial, faut juste s'assurer que ça grossit pas. – Mais si ça grossit je vous appelle ? – Oui, mais je ne vois pas bien ce que je pourrai faire. Isabelle décide qu'elle ramènera sa part de chocolat-poire à la maison car il est 20 heures et c'est l'heure des soins de 20 heures ainsi que du journal télévisé que suivent d'un œil morne mademoiselle Laplacette et une copine en visite. Il s'ouvre sur l'évacuation de la place Taksim par l'armée. Les tentes ont été arrachées. Il y aurait 200 blessés. Les manifestants ont été poursuivis jusque dans les maisons où ils trouvaient refuge. Cette fois la malade sent qu'elle ne vomira plus. Sa copine demande si elle peut dormir ici puisque l'autre lit est vide. Isabelle y consent, même si normalement c'est payant. Dans la chambre d'à côté elle déperfuse le jeune, ce qui revient, comme nul ne l'ignore, à ôter un cathéter veineux périphérique. Elle s'entend parler fort alors que d'évidence ce garçon a toutes ses oreilles. C'est une déformation professionnelle dans l'exercice de sa profession. Sur les quinze patients du jour aucun n'est noir ou arabe. Madame Baquet non plus. Elle a une sorte d'hématome dans le dos. Elle s'est cognée ? Non. Elle s'est grattée ? Non. Elle s'est frottée ? Non. – Ben alors ? – Ben alors c'est comme ça, je suis la femme pleine de bleus. Isabelle sourit et lui souhaite une bonne nuit en trois syllabes sudistes. L'anneau gastrique a toujours mal à l'épaule. Isabelle dit qu'on verra l'évolution demain et demande si ça va quand même. – Bah, tant qu'on a la santé. Tout sourire Élo annonce solennellement que la couche de monsieur Berroche s'est remplie. Elle raconte qu'il a dit : pas trop tôt. Du coup elle l'a assis sur la chaise percée et ça a commencé à bien descendre. Isabelle est soulagée. Monsieur Papin a soulevé son pansement facial pour se voir dans la glace. – Mais faut surtout pas faire ça enfin ! – Oh, c'est mon nez, je peux savoir quand même ! Elle hausse des épaules maternelles et lui installe un pied à perfusion sur roulettes pour qu'il puisse se déplacer aux toilettes pendant la nuit. Il engage la conversation, la fait durer, aimerait qu'elle reste. – Vous devez être épuisée. Vous en avez pour jusqu'à quelle heure ? – Ça va, c'est bientôt la fin. C'est bientôt la fin. Il reste la relève avec l'équipe de nuit : l'aide-soignante Gisèle, 50 ans, divorcée et mère d'une adolescente ; l'infirmière Aurélie, 30 ans, qui essaie d'avoir un enfant par stimulation ovarienne. Elle est en claquettes fuchsia, ongles des pieds vernis en bleu. En s'asseyant Denise salue tout le monde. – Et toi ça va ? – Comme une vieille. Isabelle aborde en priorité la phlébite faciale. – Ça existe ? – Ben faut croire. Aurélie demande comment on attrape un machin pareil. Isabelle dit que le docteur n'a pas expliqué et enchaîne avec les hématomes de madame Baquet. Aurélie note au crayon à papier sur une feuille à petits carreaux, en gommant quand c'est pas bon. – De toute façon tu la connais cette patiente. – Non, je l'ai pas encore vue, je reviens de deux semaines de congé. – Aïe, bon courage. – Ça va aller. Faut bien.

– T'as été où ? – Aux Baléares. – C'était chouette ? – C'était génial. Amertume dans sa voix. Elle répète plus bas : c'était génial. Denise s'en mêle – Et toi Isa tu les prends quand tes quinze jours ? – Fin juillet début août. Ma sœur accouche à Paris, j'aimerais bien être près d'elle. – Tu pars pas cette année alors ? – Si, en octobre, au Maroc sans doute, j'ai des amis qui le font souvent en camion aménagé, ils connaissent les coins intéressants, ils m'ont proposé de les accompagner. Tant que c'est pas en avion, je suis partante. Une fois j'ai eu un Nice-Paris complètement horrible. J'aurais donné n'importe quoi pour qu'on m'endorme et qu'on me réveille une fois au sol. C'est pas rationnel, mais c'est plus fort que moi. Y a des forces plus fortes que soi. Moi c'est la peur de l'avion. Et forcément ça limite les voyages. Heureusement que j'aime bien rester à la maison. T'es tranquille, genre tu bouquines. Un livre moi ça me suffit. Ne serait-ce que l'avoir en main. Le soupeser, le retourner, le feuilleter, le renifler. Je me serais bien vue travailler dans une librairie ou une médiathèque. Peut-être qu'un jour je me reconvertirai, va savoir. En ce moment je lis L'Enfant de Jules Vallès. Hier je suis arrivée au passage où il se sent heureux pour la première fois. « Le temps est superbe, et je descends dès 9 heures en ville, libre, et craquant du bonheur d'être libre, je me sens gai, je me sens fort, je marche en battant la terre de mes talons et en avalant des yeux tout ce qui se passe : la nue dans le ciel, le soldat dans la rue ; je rôde à travers le marché, je longe la mairie, je vais au Breuil flâner, les mains derrière le dos, en chassant quelque caillou du bout de mon soulier. Il n'y a pas de devoirs, pas de pensums, ni père, ni mère, personne, rien ! Il m'a fallu seulement un mois de vacances avec la vache à conduire, les courses dans les champs, les promenades seul, pour m'ouvrir les idées et le cœur ! » Je me souviens avoir eu des moments comme ça dans mon enfance. Je m'en souviens parce que finalement c'est rare les moments où on se sent bien. J'ai lu et relu le passage et oui c'était exactement la même sensation. De toute façon toutes les pages de ce roman me plaisent. Je freine la lecture, j'aimerais ne jamais le finir. Du coup j'en ai plein d'autres lâchés en route qui attendent au pied du lit. Certains je ne suis pas si pressée de les rouvrir. Ça dépend ce que ça raconte et comment. Et puis des fois j'ai pas du tout envie de lire. Plutôt de me préparer des petits desserts gourmands ou regarder un DVD. Ou carrément ne rien faire. Oui ne rien faire c'est bien aussi.

Pour aller plus loin
(vidéos, photos, documents et entretiens)
et discuter le livre :
www.raconterlavie.fr/collection

RÉALISATION : PAO ÉDITIONS DU SEUIL
IMPRESSION : CORLET À CONDÉ-SUR-NOIREAU
DÉPÔT LÉGAL : SEPTEMBRE 2014. N° 114168 (166121)
Imprimé en France

Dans la même collection

Moi, Anthony, ouvrier d'aujourd'hui

Chercheur au quotidien
Sébastien Balibar

La Course ou la ville
Ève Charrin

La Femme aux chats
Guillaume le Blanc

Le Parlement des invisibles
Pierre Rosanvallon

Regarde les lumières mon amour
Annie Ernaux

Business dans la cité
Rachid Santaki

Grand patron, fils d'ouvrier
Jules Naudet